방금 기이한
새소리를 들었다

방금 기이한
새소리를 들었다

김지녀 시집

민음의 시 276

민음사

잘 지내요.
전화를 끊고

나는 정말 멀리 와 버린 사람이 되었다.

이제 누구에게도
잘 지내요.
인사하지 않기로 했다.

2020년 10월
김지녀

효우에게

차 례

1부

정물화

친해지기 위해서라지만
너의 코는 계속 불편하다

재밌지 않았는데
재밌다고 했다

선인장을 좋아한다고 했다
너의 코가 가까이 와서

나는
질긴 고기를 씹었다

너는 북극의 빙하에 대해 말했다
나는 빙하가 무너지는 기분에 대해
수긍했다

테이블 위 화병에서
꽃이 시들고 있었다

정착

노트에 배 안에서 읽은 책의 제목을 적었다
이것이 기록의 전부다
노트는 열려 있고

한 달이 지났을 때의 일이다
이 섬이 나에겐 크다는 생각이 들었다
묘사하기가 어렵다
너무 단순하기 때문에
해안선이 복잡했다

이 섬으로 들어오는 일은 좋았다
내가 기억할 수 없는 시간을 간직한
좁고
비천한 골목을 내고
난파 직전의 배처럼 바다에 떠 있는
섬이
이미 있었다는 것이, 나를 일렁이게 했으므로

방금 기이한 새소리를 들었다

새가 보이지 않아서
음악과 같았다

한 달이 넘도록 책의 제목만 적힌 노트에 섬, 이라고 적
었다
조금 일그러진 모양으로 섬이 커졌다
길어졌다고 하는 것이 정확하다
이 섬은 무한한 점들로 이루어져 있다
노트에 줄 하나가 그어졌다

한 달이 지났을 때
창문의 테두리 하나를 나는 완성했다

나무와 나 나무 나

잎이 돋을 때
공원에는 나무와 나 나무 나무 사이에 나뿐이어서
하늘이 빙글빙글 돌았다

나무, 가 된다는 상상이 문학적으로 실패란 걸 알지만
나무, 가 된다면 적어도 오늘은 성공이라고 생각했다

나무와 나무 나 나무 사이에 나무는 나와
나 사이 나무의 나무

그새 잎들이 짙어졌다
누군가 걸어오고 있다

나무 나무 나무와 나 사이에 나 나무가 흔들렸다
새들이 갑자기 날아갔다
누군가 숨어 있다

나무를 천천히 만지니까
손끝에서 얇은 가지 하나가 쑥 돋아났다

기차가 떠날 시간이었다

일방통행로

베이커리로 향하며
단팥빵을 생각했다
할머니를 따라 슬슬
차를 슬슬, 낮은 담벼락이
슬슬, 그 뒤에 덩굴장미가
차례로 진입했다
모퉁이 가게엔 줄이 길었다
일본식 카레를 파는 집이었다
할머니가 빠져 있는 생각에도 단팥이 들었나
비켜 주지 않아
줄이 길어졌다
폭양으로 들끓는 골목이 많았다
양산들이 아름다워서
볼륨을 높였다
고로케와 카레는 맛있지만
줄이 길었다
슬슬, 슬 가며
단팥빵을 생각하니 더워졌다
경적이 울렸다

할머니는 귀가 어둡다
이런 흐름 속에서 장미와 장미가
한낮처럼 펼쳐지고
골목의 짜임새가
한 방향으로 여름을 길게 끌고 간다
할머니가 길 한복판을 걷는 동안
한껏 부풀어 오를
단팥빵을 상상했다
콧노래를 흥얼거렸다

유리컵

훤히 들여다보이는데
네가 옷을 벗고 돌아다녀
왼쪽 엉덩이 아래 멍은 가리기 좋은 위치인데
아래로 퍼지면서 희미해져
숨이 막혔던 그때처럼
믿음이 깨졌던 그날처럼

네 얼굴에선 비늘이 떨어져
하나가 아니고 여섯
아홉

물비린내가 피어난다
쪼그라든 네 젖꼭지에서
더 아래 습지에서

누구의 것인지 모를 얼룩이 남아
닦아도 지워지지 않는
네가 옷을 입지 않고 돌아다녀
우리가 아는 모든 밤에

개치럼 짖기 않기만
개처럼 이빨을 드러내고

가장 안전한 곳에서 묘연해지고 있어

폭풍우

혀의 근육처럼 구물거리면서 솟구쳐 올라
집어삼킬 듯 쫓아왔다

배와 배가 뒤엉키고
혀와 혀가 뒤엉키고

새와 고양이의 울음이 들리지 않았다
벚나무 가지가 찢어졌다

혀의 돌기가 곤두선 날이었지만
아무 맛도 느끼지 못한 식탁이었다

언제 그랬냐는 듯
떠난 자리는

배 위에서 흔들리는 기분

어느 배가 가라앉은 건지 모르겠다
어느 혀가 나의 것인지

물 밑의 눈알들이 수면 위로 올라와

갸웃했다

레인룸*

잘 개키지 않아서
기도가 쌓이고

편집된 뉴스 바깥의 서사에는
잘린 손목들이 가라앉고

내가 앙상해지는 건
두려움이 몰려오기 시작했다는 말

마르지 않은 옷을 입고

창문에
퉁퉁 붇은 내가 흐릿하게 서 있고

밖인 줄 알았는데
안

* 아티스트 그룹 랜덤 인터내셔널(Random International)의 설치 작품.

굉음

거품을 걷어 내면
또 다른 거품이 품, 품,
어디서 솟아나는 걸까?
고분고분한 낏 같지만 고집 센 병처럼 와서
가질 않고

이건 내가 말하고 싶은 주제가 아니었다
세 시간이 넘도록 기다렸다 입을 연 순간
비가 쏟아졌고
창밖엔
확실히 거품이 많아졌다 삶은 판타지에 가깝도록
어떤 사건처럼 끔찍하고
연쇄되고

질투였는지
모멸감이었는지
평화였는지
내가 말하고 싶었던 것이 있기나 했는지
집요하게 거품은 거품으로

터지고 다시 생기는

거품,

폽,

조금만 걸어도 숨이 차올라

녹슨 배들이 정박하는 바다 앞에서 야생 짐승처럼 울어

댔다

불규칙적인 밑줄이 몸을 마비시켰다

원인을 알 수 없다고 했다

내과에선 신경정신과로 트랜스퍼를 지시했다

눈앞에 크고 작은 거품들이 가득 차올랐기 때문이다

1846년 살롱의 저녁

1846년 살롱에서, 비어 있음에 대해 토론하는
두 사람

어깨가 왼쪽으로 기울고 있는 사람과
말을 더듬는 사람과
글자로 가득한 종이
남자의 것인지
여자의 것인지
시작도 없고
끝도 없는
입을 만들어
열고
닫고
두 사람
둘이 아닌 사람

비어 가는 살롱과
살롱,
비어 있음을 잘 알고

비어 있기를 원하는
이전에도
이후에도
두 사람만 허락하고
둘이 아닌 사람을 경멸한
액자와 믿음과 귀의 필요를 계단에 앉아 이야기하고
계단이 되는
계단의 영향 아래서

등이 굽고 있는 시간과
눈이 멀고 있는 벽과
성을 짓고 부숴 버리는 일에 몰두해 있는
두 사람
허기가 지고
벌레가 기어가는 속도보다 느리게

술잔이 비어 가는
살롱에서
여주인의 치마 아래서

모든 것을 쏟아 내고 싶은
진짜 사람이 되고 싶은
사람

열고
닫고
무한한
1846년의 기나긴 저녁

수단 항구*

사막이 아니어도 모래 바람은 불어 온다

앞이 보이지 않는 날이 많아졌기 때문이다
내 안에 갈라진 바닥이 넓어졌기 때문이다

자루처럼 묶여 던져진
하루하루
경로를 취소했다 초대를 거절했다

형편없는 선택이었다
여태까지

수단 항구에 가 보지 못했다

* 올리비에 롤랭의 소설 『수단 항구』를 읽고 제목을 빌려 왔다.

무성영화

어항엔
순진한 구름이 헤엄쳐 다닌다

할짝내는 입 고양이 쿠
주인공처럼 눈물을 흘린다

어항을 깨부수고 싶었지만
목소리가 나오지 않았다

2부

오늘 여러 장

뭐가 다른 건지 모를 그림이 여러 장이다
두부가 하나 없는 건가
두부 하나만큼의 빈 자리는 여백으로 훌륭한데
빛이 들어올 구멍으로 딱인데
나는 거기에 재빨리 무언가를 그리고 있다
다시 세어 본 두부는 그대로다
두부처럼 하얗고 연하게 늙어 가는 얼굴이고 싶었는데
숟가락이 푹 파 놓은 곳에 두붓물이 고일 때까지 기다
릴 줄 아는 마음이고 싶었는데

삶이 전주곡으로 지나간다*
토막 난 두부가
가지런하다

* 릴케 시의 한 구절.

검은 봉지

기억이 나지 않습니다
검은 봉지에 들어 있는 게 고기인지
오징어인지 냉동실에 넣어 둔 지 오래여서가 아닙니다

검다는 이유로
검은 봉지는 대단한 사건이 됩니다
사라진 사람의 머리통이 들어 있을 수 있습니다
서늘한 밤의 모양을 만들 수 있습니다
꼭 묶어 놓으면
입을 틀어막은 손처럼 단호합니다
최고의 알리바이입니다

사람들은 쉽게 잊습니다
그리고 기억이 잘 나지 않는다고 말합니다
검은 봉지는 앞도 뒤도
안과 바깥도 없습니다
뒤집기 좋습니다

냉동실에 검은 봉지가 쌓여 갑니다

무수한 사건이 우리에게 있었습니다

숨죽이고 있는
검은 봉지를 열면
딱딱해진 악령들이 쏟아질 것 같은 날입니다

꽁치

숨을 불어 넣어도 풍선처럼 생활이 부풀지 않는 것은
갈등에 가깝지만

가만히 있어도 땀이 흐르고
가만히 있어도 밤이 오고
가만히 있어도 배가 고파
가만히 있어도

가로등이 켜진다
살아 있는 것들이 모여 울기 시작한다
극기의 문제인가
생활의 문제인가

갈등은 골이 깊다
해결 못 하고
끝나 버린 계절처럼 너는 너대로
나는 나대로

어떤 파도에 몰두한다

어떤 다리에 곤두선다
구조의 문제인가
방법의 문제인가

물 한 컵을 마시고
비를 생각한다
통조림 속 주둥이가 없는
꽁치를 먹는다

코인지 땀인지 눈물인지 모를
끈적한 것을 연신 닦아 내는 오후

패널들과 아침을

간단하게 말하겠다고 했지만
매부리코 남자는 늘 간단하지가 않다
입만 열면
하얀 휴지가 계속 나오는 마술처럼
아침이 길어진다
매부리코 남자의 말에 동의할 수 없지만
다 들어주어야 하는 사정은
나나 단발머리 남자나 같다
들어야 다음 말을 하는데
듣는 동안
왜 나는 더 이상 말하고 싶지 않을까
단발머리 남자는 나보다 여유가 있다
나처럼 반항하지 않고
비겁하지 않고
매부리코 남자를 보지 않고
참 느리다
휴지는 휴지니까 주워서 버리면 된다는 듯이
시시한 것을 시시하게 다룰 줄 안다
매부리코 남자와 단발머리 남자는 고정이다

매일 떠오르는 태양처럼

사건 사고가 고정이다

나의 채널도 고정이다

패널들과 함께 집 안에 어지럽게 널려 있는

소란을 줍는다

생활이 간단해지고 있다

팔레트 속

각자의 허기를 달래 줄 국경이 됩시다

당근과 사과가 섞인 주스를 마시고
소주와 맥주가 섞인 술을 마시고
국적이 불분명한 얼굴로

태양을 그렸는데 달이 되고
산을 그렸는데 울타리가 되는

눈썹과 눈동자와 코를 그려 넣을 수 있는 계란만큼
훌륭한 얼굴은 없습니다
한쪽 귀는 절벽 다른 쪽은 바위
입술은 그리지 맙시다

입술이 열리면
말과 생각이 변하기 쉬우니까
배가 고파도 열리지 못하는 입술들이 있으니까

노란색 바나나는 더 노랗게

한쪽 눈은 파랑, 다른 쪽은 주황
콧구멍은 갈색
머리는 초록색

무엇을 색칠하든
입술은 그리지 맙시다
이 지구에서 옷 속의 몸은 의외로 얇고
국적 없는 사람들에게도 열렬한 사랑이 찾아옵니다

국경은 어디에 있습니까?
작은 칸과 칸 사이를 흘러넘친 이 색깔을 어떻게 불러야
합니까?

동의를 구합니다

이 사각형엔 이해할 수 없는 틈이 나 있습니다 보고 또
봐도
글씨체가 마음에 들지 않아요
이름 석 자를 적고 보니 아무도 이름을 적지 않았습니다
집 공사를 하려는 윗집 아주머니가 하소연을 합니다
빈집을 두드리는 일이 여간 괴로운 게 아닌가 봐요
개가 짖고
아이들 소리가 나는데 문을 열어 주지 않는다고
엘리베이터를 타고 오르락내리락한다고요
칸칸이 살고 있는 이웃들의 얼굴
본 적 없는 개의 혓바닥
봐도 봐도 잊어버리는 사람들이 엘리베이터 창문에 나
타났다 사라집니다
엘리베이터 안에 붙여진 동의서엔 여전히 제 이름만 적
혀 있어요
동의를 하지 않아도 공사는 시작되었어요
이사를 가야 하는 집이 많았고요
테러 방지법도 통과되었습니다
동의하지 않았지만 따라야 합니다

절차를 밟았으니까요
연일 바닥을 깨고 벽을 부수고
툭탁거리는 소리가 굉장해도 참아야 합니다
국회를 비추는 뉴스를 보면서두 마찬가지에요
동의를 하든
안 하든
참아야 하는 일들이 늘어나고 있어요
그래서 참지 못하는 사람들이 늘어나고 있나 봐요
사각형 안에 이름 석 자를 적고
마침표를 찍을지 말지 고민했습니다
내가 잘 참을 수 있을까?
우리가 저간의 사정을 다 이해할 수 있을까요?
윗집 아주머니는 이제 동의를 구하러 다니지 않습니다
아주머니 얼굴이 기억나지 않습니다
아주머니도 제 얼굴을 기억하지 못할 겁니다
필요한 건 얼굴이 아니었으니까요
저 하나로 충분했나 봅니다
동의서엔 제 이름뿐입니다
공사를 시작한 지 일주일이 지났습니다

우리 모두의 못

이사 온 집에는 못이 많이 박혀 있었다
못을 박을 일이 많은 집이었다
못을 빼지 않아도 살 만한 집이었다

나는 제일 작은 방에
모자를 걸었다
속옷을 걸었다
바지를 걸고 그 위에 코트를 걸었다
마지막으로 귀를 걸고
조용한 세계로 빠져나왔다

화장실에는 여러 개의 못에 입이 걸려 있었는데
씻을 때마다 통곡하는 입
거품이 보글보글 올라와 무슨 말인지 모를 소리를 해 대
는 입
빈집이어도 수선스러운
화장실에서 나는 자주 토했다

못을 빼내려고 한 적이 물론 있었다

그러나 엄마가 복장을 치며
가슴에 박힌 못에 대해 얘기하곤 했을 때
가슴에 박힌 못이 아니라 엄마를 견딜 수 없게 된다는
걸 깨날은 후로
한 번 박힌 못은 빼지도 더 박지도 말고
제자리에 두어야 한다는 걸 알았다

소파에 누워 천장을 보았다
바닥에 누워 장판을 만졌다
못이 없었다
평평함은 어디에도 못 박지 않을 평등함으로
이불을 펼쳤다

당신의 못에 나의 가족사진을 걸었다
당신의 못에 나의 여름을 걸었다
당신이 두고 간 못 옆에 작은 못을 박고
나는 아무것도 걸지 않기로 했다

모기의 구체성

불을 끄고 누우니 사방이 조용하다
내게 귀가 있나? 어디에 얼마큼 붙어 있나?
요즘 서울 친구의 소식이 들리지 않아서
과묵한 하루였다고
설거지가 쌓인 저녁이었다고
구름처럼 내가 모양을 바꾸고 있다고 말할 건가?
잠잠히 잠이 왔을 때 소리가 나기 시작한다
멀리 날아갔다 내 귀에 착 붙어
잡을까? 말까?
막 잠에 들려던 참인데
발가락이 간지럽다
긁었더니 더 간지럽고
아무리 긁어도 시원하지가 않아
한밤에 파리채를 들고 나는 혼자 방을 빙빙 돌며
눈을 부릅뜨고 온 방을 노려본다
그런데 없다 커튼 뒤에도 천장 모서리에도
분명 소리가 났는데
엄지발가락이 빨갛게 부풀어 올랐는데
눈알까지 빨개졌는데

조용하다

모기가 다시 소리를 낸다

불도 안 켠 채 나는 파리채를 들었다

어디에 있는지 모르는 모기를 잡겠다고 팔을 힘껏 휘젓는다

이 경망함으로 내 생활이 가벼워지고 있다

요란한 소리가 난다

나는 모기 한 마리 이기지 못하는 나를 유심히 바라본다

달아난 잠이 다시 오지 않을 것 같은 밤이다

귀만 남은 몸이다

작은 소리 하나로 나를 제압하는 모기는 내 방에 잘 숨어 있다

내 생각이 잠들 때쯤 나를 일으키는 힘이 있다

참여시에 대한 논문을 읽다가

기타 줄이 끊어질 때의 격동과 함께 내면이라는 것
높낮이가 큰 억양으로 뒤숭숭한 집을 악보처럼 펼쳐 놓고
창문을 연다

참여시에 대한 논문을 읽다가 설거지에 참여해야 하는
일요일의 리얼리티란
그릇들이 유희하듯 포개어지는 것으로
싱크대 속 하수구를 닦고
행주를 비틀어 짜는 것으로
단숨에 해가 떨어지는 것

내가 참여하든 안 하든 불 켜지는 창문과 헤드라이트
정면으로 달려들어 갈 용기가 부족해
빨간 불에 건널목을 건넜다
참을 수 없어서
검은색 페인트를 칠했다

정치적인 것은 아니지만 모두 비슷해져 버린 삶 속에서
소재의 선택이라든가 모티브의 발견

이것을 음악이라고 말하고 싶지만
소리가 전혀 나지 않는 삶을 정치적으로 해석해야 하는
오늘 같은 날엔 코트를 더욱 여미고
비가 오지 않아노
우산을 펼치고 도로에 참여해도 좋을 법하다

어떤 것들이 밀려오고 있는가
우리의 손에서 무엇이 자꾸 미끄러지는가

참여에 참여하기 위한 생활을 향해
형편없는 리듬으로 구름이 돌아온다
참여시에 대한 논문은 읽지 않기로 했다

밥을 주세요

이 질문에 밥을 주세요 페달이 멈추었어요 새가 울지 않았어요 오후도 아니고 저녁도 아닌 5시 11분엔 밥이 필요해요 천둥이 치는 날엔 다음을 기다려요 소리의 다음, 너의 다음, 하늘의 다음, 다음의 다음, 을 기다려요 기다리며 나는 번쩍거려요 우산에 밥을 주세요 보리 현미 콩 수수가 섞이지 않은 하얀 밥을 주세요 용마랜드의 회전목마에 밥을 주어야 해요 서로의 멱살을 잡는 사람들에게 갓 태어난 아기에게 리어카를 몰고 도로를 횡단하는 저 할아버지에게 추억을 주세요 창백한 우리의 영혼에 호호 따뜻한 입김이 불어오게 해 주세요 침묵을 깨워 주세요 도마뱀 꼬리처럼 잘려도 다시 돋는 우리의 수다를 잠재워 주세요 밥은 다 할 수 있어요 주먹처럼 만들어 던져 주세요 높은 담장과 담장 사이로 던져 주세요 따끈따끈한 하얀 밥풀이 흩날리는 세상을 다음이라고 말할 수 있게, 밥을 주세요 어둡고 추운 서로의 입속에 한 숟가락의 불이 되도록 페달을 돌려 주세요

역방향
—— 11호 4C

뒤로 가면 살이 빠지고 다리가 예뻐집니다
편향적인 근육을 균형 있게 만들 수 있어요
뒤로 가면
넘어져서 코가 깨질시 모르고
주먹이 날아오는 것도 모르고
나무도 모르고
꽃도 모르고
사람과 개도 몰라보고
모르니까 모르는 사람의 어깨에 기대어 잠이 들고

뒤로 가다 보면
좋아하는 배우의 울음을 다시 볼 수 있지
두부 맛을 모르던 때로 돌아가
아버지에게 따끈한 두부 한 입 넣어 드렸을 텐데
두부 맛을 알아 버린 지금은 뒤로
가도 가도, 식은 두부
좋아하는 배우는 이제 보니 다리가 예쁘네
짧게 살아서
아름다워라

한 달째 들고 다니는 책은 앞도 뒤도 없는 이야기
그래서 자꾸 잊히는 사람
창밖을 보고
입김을 내 보고
밤은 점점 울창해지고

2층이 없는 세계에서 떨어진 머리들
뛰어내리지 못하고
작은 씨앗들처럼 박혀 무엇이 움트고 있을까
뒤로 가는 동안,
뒤로 사랑하는 동안,

빈 자리에서
긴 터널에서

우리는 편향적으로 잠에 빠진다 어디까지 왔는지 모르
면서
갑자기 눈이 떠지고

내릴 역을 지나친다 조금씩 포기를 배우는 것이
읽고 있는 책의 종착지라는 것을 알아 가면서
뒤로 간다, 간다,
뒤로 가면
좀 싸다

폭이 좁고 옆으로 긴 형식

망설이는 것만으로
우리는 옆이 길어집니다 오른쪽에서 왼쪽으로 옆이 전
개될 때
우리는 예상치 못한 점선들로 분할되곤 했습니다

비가 많이 오던 날이었어요 약속했던 시간이 지나도 오
지 않는 그녀에게
전화를 차마 하지 못했습니다
우산 아래서 옆이 다 젖도록 어둠이 짙어져 있었습니다
먼 곳을 헤매고 있는 사람처럼 옆의 옆이 낯설어졌어요
자를 대고 칼로 긋듯 그날을 반듯하게 자를 수 있다면
우리는 아마 잘 접혔을 겁니다

한 번은 옆을 빌려 달라고 부탁한 적이 있습니다
한 사람은 거절했고
다른 한 사람은 발등을 바라보며 망설이더군요
옆과 옆 사이의 어깨가 그 어떤 테두리보다 넓어서 건너
갈 수 없었습니다

더 넓고 따뜻한 옆을 차지하려고 우리는 분주했고
옆에 얼마나 크고 넓은 폭포가 있는지
절벽과 진창이 있는지
가늠지 못하고
우리의 옆은 배경이 없는 화면처럼 점차 장편이 되어 갔
습니다

오후처럼요, 이웃의 그림자가 다음 페이지를 위해 발걸
음을 재촉할 때도
바닥에 남겨진 흙자국들을 지우며
우리는 옆이 모르는 비밀 하나쯤은 남겨 두고 있었습니다

망설이다가
우리는 옆이 길어지고 있습니다
좀 더 많은 내용을 담은 것처럼 우리의 옆에 정원과 연
못을 가꾸고 있습니다
비겁함을 쉽게 접기 위함입니다
지나간 사건들을 돌돌 말아 놓고 오래 살기 위함입니다

3부

과오일기

아름다운 우리말을 하나도 쓰지 않고
시를 썼다

맴도는 일이라면 누구보다 잘하는 내가
부사와 형용사를 이용해
앞으로 나아가지 않아서
허리에 살이 쪘다

너를 위한다는 이유로 한 말이
너를 비탄에 빠지게 했다

무한한 어제였다
뜻 모를 노래 하나가 입속을 맴돌았기 때문이다

쿠바에서 방배동으로 가는 버스

때도 모르고 터져 나오는 눈물 같은 것으로 나는 옆길
로 빠지고
코를 풀면서 아무렇지 않게 돌아온다

옷이 많아서
우유부단하고
땀을 많이 흘렸지만 정거장마다 사람들은 버스에 올라
탄다
그리곤 잠에 빠진다
옆자리에 앉은 남자가 내 어깨로 자꾸 쏟아진다
햇살이 따가웠어 그날
애인처럼 내 어깨에 기대서 곤히 잠들었다가
남자는 갑자기 눈을 부릅뜨고 두리번거리더니 뛰쳐나간다

외로움은 이런 식이었지
정거장이 참 많아 옆자리 남자가 바뀌고 때론
여학생이 앉아 화장을 고치고
들뜬 기분으로 낭비된 하루는 섰다 가다를 반복한다
다음 정류장은 마흔

오르막이 있는 곳
떫은 열매가 떨어진다 잎사귀만 무성한 곳
마흔에 나는 내리지 못하고
그릇에 말라붙은 삶의 찌꺼기를 생각한다

옷이 많은데 옷을 사고
가방 속에 가방과 더 작은 가방을 넣고
더 큰 가방을 찾아다닌다 옆자리에 가방이 앉아 입을
크게 벌리고 있다
햇살이 따가워서 그날
쓸데없이 젖은 휴지를 찢으면서 열정은 좋지 않은가?
약소국의 비애를 간직한 나라에서 사는 건
좋지 않은가? 좋지 그렇지 좋지
않지

가방 주둥이를 닫고
외로움은 이런 식이었지
내릴 곳은 많은데 내릴 마음이 없는
사람들이 올라탄다

다 내릴 때까지 기다리지 못하고 올라탄다
나는 나를 엿보면서 새로운 도시에 진입한다
다른 색으로 얼굴을 칠하고 마르기를
콧물과 우연이 마르기를
기다린다

두드리는 삶

고기를 망치로 두드리다
내 손가락까지 두드렸지
뼈가 있다는 건 알고 있었지만
뼈가 쉽게 부러진다는 긴 잘 모르고 있었지
고기의 테두리가 넓어질 때 마음이 넉넉해지는 것 같았
는데
부드럽게 으깨지는 살이
나에게 있는 건 알고 있었지만
내가 망치를 들고 있었다는 건 잊고 있었지

두 손을 보았지
수백 개의 손인 것처럼 누군가의 문을 두드리고
꼬부라진 허리를 끌어안고 히죽대던
이젠 뼈만 튀어나온 두 손이
두려움에 떨었지
먼 길을 다녀온 것처럼 두 눈을 두드렸지
오그라든 삶이 한 무더기
내 앞에

우리를 주어 자리에 놓고
우리는
우리를
우리에게
나는 망치질을 했지 우리의 테두리가 넓어지면 어떤 싸
움에서든 이길 것 같아
나에게 저주를 퍼붓던
욕을 하고 돌아섰던
사람들을 되돌려 세울지 몰라
두드렸지 두드렸지

그러나 주어가 사라진 날이 많아졌지
고기를 먹는 날이 많아졌지
핏물이 번질 때
묵은 체증이 내려가는 것 같았는데
좀 더 나는 포악해졌어 괴로워졌어
우리에서 빠져나온 것처럼

하루종일 쓴 시를 망치로 두드렸지

글자들이 으깨져
조금씩 얇아지고
글자는 테두리가 넓어져서 시인지조차 모르게 사라졌지
망치를 넌셔 버렸지

밥을 먹었는지 안 먹었는지조차 잊어버리는 삶이 되면
찾아오지 말라고 당부했지
내 앞에 가장 오래 앉아 있는 사람에게
두드리지 말라고
두드려도 내가 넓어지지 않는다고

같다

혓바닥을 내밀어 보세요

그는 내 혓바닥에 살이 쪘다고 한다
두께를 보고 냄새를 맡아 보더니
아침에 잘 일어나지 못하고
자다가 화장실에 가는 것이 전부 혓바닥에 찐 살 탓이
라고
술을 그만 마시라고 한다

자기도 술을 좋아한다고
자기를 믿어 보란다
그의 말을 듣고 있으니까
얼굴이 노란 것도 같고 노랗지 않은 것도 같고
밥을 잘 먹는 것도 같고 잘 먹지 않는 것도 같다
그가 지나치게 진지해서
살이 찐 혓바닥으로 집에 왔다

거울 앞에서 혓바닥을 최대한 내밀어 본다
입속 가득한 혓바닥은 과연 살이 찐 것도 같고

그렇지 않은 것도 같다
못 먹는 게 없지만 많이 먹지는 않고
먹으면서 투덜거리기는 하지만
먹는 일을 멈추지 않는
혓바닥을 이렇게 정성을 다해 봐 준 적이 없다

혓바닥은 놀랍도록 떨고 있다
바깥으로 내밀고 있으니까
금세 마르고
알아들을 수 없는 괴성을 쏟아낸다
늘어진 혓바닥은
어떤 물감으로도 만들 수 없는 색깔 같다
늙은 것 같다

그를 만난 후로
입속이 자주 궁금하다

혓바닥을 내밀어 보세요

아프지 않은데
내가 아프다고 한다
그 말을 들으니까
아픈 지 이미 오래된 것 같다

누군가 내 창문을 다 먹어 버렸다*

맴돌기만 하고 입 밖으로 나오지 않는 단어 있잖아
같이 생각해 줄 수 없는데
누군가에게 계속 던지는 있잖아 그거,

포도 한 송이

당신이 먹고 있는 포도알 속에 나의 창문이 있다
당신 손톱 밑에 물든 먹자주색이
나의 창문을 뺀 나머지다
한 개씩,
껍질로 남은 것들은 퉤, 뱉어진 이야기의 테두리

속없이
나는 다 말했다
블라인드를 내리는 기분으로
차분하게
억울했지만 나보다 더 억울한 사람들이 많았다는 걸 알
았으므로
열었다 닫는 일이 무엇보다 중요했다

오랫동안 열지 않으면
잘 열리지 않아
창문을 잃게 된다는 것도

당신은 알고 있다 알고도 모른 척 입다문
당신은 창문이 얼마 남지 않았다
당신은 책을 쓴다
새로운 애인
새로운 연필
새로운 포도알을 따서 정말 새로운 것처럼

관리 사무소에서 알립니다
오늘 아파트 외벽 크랙 및 페인트 공사를 진행합니다
입주민들께서는 되도록 창문을 열지 마시고
갑자기 놀라는 일이 없도록 주의하시기 바랍니다

포도의 계절에
당신과 나는 갑자기 헤어졌다
알고 있다

당신은 배가 부르다
당신이 다 먹은 포도알 속에 나의 창문이 있다

난어는 결국 떠오르지 않았다
그거 있잖아,
그거,

당신의 책이 배달됐다
열리지 않았다

* 훈데르트바서의 그림 제목.

그가 며칠째 전화가 없다

소설의 첫머리와 끝머리를 이어 붙이고
나는 흥분했다
삶은 고구마를 먹다가 목이 막혔다

허약해 보이는 이 도시의 겨울은, 잉크를 쏟은 것처럼
무엇인가를 계속 뱉어 내고 있다
스모그가 짙게 깔려 다리 건너가 잘 보이지 않았다
빛만이 무성해졌다

수도꼭지를 돌리면 뜨거운 물이 쏟아지는
잠의 꼭대기에서 주인공이 떨어진다
새벽 한 시 오십 분에
이민을 가고 싶었다

어둠이 포슬포슬 잘 부서졌다
발에 밟히는 것들이 많았다
그가 며칠째 전화가 없다

소설을 다 써내고 나면 들춰 볼 용기가 없어 중간은 버

렸다

이 소설은 그에게 발송될 예정이다

세목을 이직 짓지 못했다

일광욕

이불 속에서 마음이 나빠진다
속사정이라는 거
끝까지 말하기 싫은 가족사 같은 거

너 왜 그랬니? 왜 그랬어?

뭐라고 소리를 지르든
끝까지 답하지 않는 마음은
아파트 복도에 널린 이불들 같다

한 번도 널어 말린 적이 없는 방에서
퀴퀴한 옷들
착착 접힌 종이들, 그 속에서
나는 다 털린 기분이다

왜 그랬니? 왜 그랬어?

내가 나에게 물어도 답이 없는 일들이 있잖아
나도 모르게 그렇게 되어 버린

하룻밤 같은 거
설거지하다 놓친 접시 같은 것

아무리 그십해도 입들은 벌어지고
다른 사람의 입술에서 입술로 포개지고
햇빛이 좋은 날엔
더 많은 사건과
더 많은 이유들

여기저기 널린 이불을 보면
옷을 벗고 베란다에 눕는다

답하지 않아도
답을 찾는 사람들 때문에
바짝 마르는 기분 때문에

이불 속에서 마음은 그늘을 찾는다

사람의 힘으로 끊어 낼 수 없다는 말

바게트 빵처럼 우리가 잘 잘라지지 않아서
당신이 빵칼을 집어던졌던 날
조그만 일에도
당신은 범선의 충각처럼 돌출된다

동그란 케이크에 꽂힌 수많은 초들이 다 녹을 때까지
내 속살이 오래된 빵만큼 딱딱해졌을 때까지
나는 어둠을 밝힐 수 없었다
휴지처럼 구겨져 있었다

빵칼로 나는 청포묵을 잘랐다
두부를 잘랐다
고기는 잘 잘리지 않아서 칼자국이 지저분했다
우리의 이야기가 고깃덩어리처럼
핏물을 흘리며 말라 가던, 밤

악연은 사람의 힘으로 끊어 낼 수 없다는 말을 듣고 돌
아오던, 날
당신과 내가 헝클어져서

이젠 풀어낼 수 없는 이야기가 되었다는 것
표류가 시작되었다는 것

질긴 건 빵이 아니리
당신의 너울
나의 곁눈질
핏물조차 나오지 않을 만큼 메마른, 날씨

아이가 태어난 날
아직 말을 잘 못하는 아이 앞에서 당신과 내가
폭죽처럼 할 말 못 할 말 다 터트렸던 날
촛불 앞에서 당신과 내가 어른거리다 사라진 날
촛불 끄는 일을 재밌어하는 아이를 사이에 두고
당신과 나는
서로 다른 노래를 불렀다

스승의 날

회복이 되기 전에 다시 병이 들었다
노란 열이 눈에 꽉 차올라 얼음물에 눈알을 넣고 뒤흔
들고 싶은 날이었다
나는 왜 신앙심이 생기지 않는 걸까
이렇다 할 재주가 있는 것도 아니고
불만과 불행과 불감 속에서 나빠지기만 하는데
극복하지 못하는 것을 극복하려는 마음이 애초에 잘못
되었다는
생각이 내 머릿속에 말뚝을 박고 빠지지 않는다
하나님이든 부처님이든
온화한 미소로 장도리를 들고 내게 와 주지 않는 것이
내내 서운한 날이었다
좋아하는 것도 아니고 미안한 것도 아니지만
내 삶이 계속 누군가를 지치게 만드는 것을 부정할 수
는 없다
사실 나도 내게 지쳤다
회복을 이유로
앉아 있는 일에 지쳤다
이런 이야길 아무렇지 않게 또 만나는 사람에게 해 대

는 입에 지쳤다

그러다 삽사시 시바끼 뜨렷해지는 수가에

벌레처럼 사람들이 날 징그러워할 것 같아

나노 모르게 몸 을 웅크렸다

체액이 흘러다니며 열을 발끝까지 전달했다

뜨거워진 발바닥을 식히러 맨발로 계단을 내려간 날이
었다

지하보다 더 지하로 내려가는 문이 닫혀서

오, 하나님 하고 불렀다

부처님은 부르지 않았다

둘을 함께 부르면 더 큰 혼란이 찾아올 것 같은, 스승의
날이었다

절망과 수치를 가르친 스승에게 꽃을 보냈다

노란 장미를 노란 포장지에 싸서

적어도 노란 장미는 노랗게 아름답다, 는 이유로

스승에게 편지는 쓰지 않았다

개미에 대한 예의

개미로 태어나지 않았지만
나는 개미만큼 작아져
마음을 받치고 있는 얇은 다리
종일 방향을 바꾸다
김밥 한 줄이 왜 이렇게 긴가, 하고 멈췄다

거리엔 바삐 다니는 사람들
그 대열에 합류하자 나는 개미보다 구멍을 잘 팔 것 같아
안녕하세요. 저는 시를 쓰는 개미입니다
예의 바르게 인사할 뻔했다

다음 날 놀이터에는 역시 나와 개미 그리고 가끔 우는
새 뿐이었다
개미가 발등을 타고 내게 기어오를 때
내 다리가 살아 있어
내 귀가 간지러워
그리고 가끔 아이들은 개미 밟는 일을 즐거워하며 뛰어
다녔다
개미의 움직임을 보고 있으면

삶은 더듬이를 세운 앞이 아니라 뒤나 옆에서
느닷없이 불f가 된다는 것

나는 밟혀 죽은 개미들을 모아
아무도 모르는 구멍 속에 넣어 주었다

파묻히는 기분으로 잠들었다 땅이 움직인 날에, 구멍은
사라졌다 구멍은 구멍으로 어디로 가든 구멍, 꿈에서 개미
보다 많은 발로 기어 다녔다 아무 일도 안 하고 수개미처
럼 교미 후 죽었다

사람으로 태어났지만
내 하루하루는 개미가 물고 가는 나뭇잎 쌀알보다 작고
가볍다
내가 정말 깨어난 걸까
내가 정말 사랑한 걸까
정말
정말 내가 사람일까

어제 먹다 남은 김밥에선 벌써 상한 냄새가 난다

흰
종이

내 안에 아무도 살고 있는 것 같지 않다
하루에 몇 리터씩 물을 마시고
햇빛을 쬐고 있어도
이름 모를 떡잎 하나 내오지 않는 화분처럼
나는 반복을 잊어 간다

이것이 내가 앓고 있는 병이다
추위가 물러가고 있다는데 오늘은 눈이 내려
창밖의 사람들에게 환자복을 입히고
약물을 건넨다
세상이 아랍어처럼 어지럽기 때문이다

내가 들이마시는 공기에선
한 달도 더 된 냄새가 난다
일으켜 세워도 쓰러지는 줄기처럼
나는 자고 일어나도 힘이 없다
떨어지지 않고
그 자리에서 끝까지 말라 가는
저 제라늄처럼, 악착같은 일관성이 없다

립스틱을 바른다

씨앗처럼 무엇인가를 터트리려는 입술이 붉게, 열린다

눈은 곧 녹겠지만

생애를 적어 내기엔 흰 종이가 너무 넓다

밤이 깊을 림(寐)

밤에 관한 진술은 구체적일수록 좋습니다
점층적 구성이라면
밤이 깊어집니다

건물이 기울어지는 건 아닙니다만
고양이처럼 꼬리를 치켜세우고 걸으면
밤은 덜 출렁거릴까요?
밤은 한 순간도 멈추질 않습니다
번식에 가까운 습성입니다

신경이 곤두서서
십 년 전에 쓴 시를 다시 펼쳐 보았습니다
그때
내 입에서 쏟아진 말은 오류투성이더군요
문장들이 내 삶을 허구로 만들고 있었어요

전망보다는 절망이 갈갈대며
밤은 내게 반론을 일으킬 만큼 과잉되어 있었습니다
그때

우린 알몸이었습니다
웃고 울고 취해 있으면서
우린 앞에 닥친 이유들을 상실해 갔습니다
밤이 깊어 갑니다

고양이들은 자주 배가 부르고
젖꼭지가 분홍으로 변하기 시작합니다
여전히 나는 밤에 서식하고 있습니다만
어디로 갔을까요?

밤이 깊을 당신은
밤이 깊은 숲은
밤이 깊은
밤은

4부

모레이가 물고기를 셉니다

물고기를 셉니다 한 마리 두 마리 세 마리 네 마리……
모레이는 어둑해질 때까지 물고기를 셉니다
친구는 내 일에서 평화를 찾지만 사실 물고기를 세는
일은 세밀한 주의력을 요합니다
이쪽에서 저쪽으로 물고기가 방향을 틉니다
이쪽은 저쪽이 되고
저쪽은 이쪽이 되었습니다
모레이가 물고기를 셉니다 한 마리 두 마리 세 마리 네
마리 다섯 마리……
건조경보로 호수의 물높이가 낮아졌습니다
두통약을 두 알 더 먹었습니다
오늘 물고기들은 어제 물고기와 다른 색이군요
위장이라기보다 부정이라는 말이 더 잘 어울립니다
여섯 마리 일곱 마리 여덟
마리가 지나갔습니다 아홉 마리 그리고 열 번째 물고기
가 저기서 오고 있습니다
이 휴지(休止)가 좋습니다
잠깐 먼 곳을 볼 수 있고 샌드위치를 한 입 베고
지나간 물고기들을 그리워할 수 있으니까요

해 뜨기 전에 와서 호수를 한 바퀴 돌면
물고기처럼 모레이는 잊어버립니다
오늘은 어제가 되고
어제는 내일이 됩니다
모레이는 마음으로 헤아리다가 큰 소리로 물고기들을
헤아립니다
한 마리
두 마리 세 마리
끝날 거 같지 않은 날들이 물고기와 같이 떠다닙니다
방금 지나간 물고기를 셌는지
안 셌는지 나는 혼돈 속입니다
물고기가 많아서인지 모레이가 많아서인지

말하려는 순간 잊어버리는 것들이 있습니다
어디로 가라앉은 걸까?
지금은 누구일까?
영원히 떠오르지 못하는 유선형의 기억
말 없는 삶이 수면 아래서 부화하는 시기입니다

스너글러 L의 손이 커서

그런대로 잘 살았다 사람들이 불륜을 저지른 여배우를
닮았다고 했을 때마다
나는 들킨 것처럼 얼굴이 달아올랐지만
그 여배우와 최대한 다른 목소리를 내며 긍정도
부정도 하지 않았다

　　　L이 뒤에서 나를 안는다
　　　L의 손은 정말이지 크다
　　　L은 나를 동정하지 않는다
　　　L은 내가 선호하지 않는 얼굴이지만
　　　L의 손은 따뜻하다
　　　L은 무리를 지어 다니지 않는다
　　　L의 문법은 정확하다

문장이 길어져서 갇힌 기분이었다
모조리 지우고 나니 좀 전의 일이 전혀 생각나지 않았다
잊힌다는 게 그런대로 괜찮았다
밥알을 오래 씹은 날이었다

선과 악 어느 쪽도 아닌 쪽의 얼굴로 사랑해 나의 영혼은 이틀째 비를 맞고 거리 한복판에 멈춰 있다 내가 흘린 머리카락을 줍는 손이 없다 쇠수세미로 닦아도 지워지지 않는 그을음 같은 것이 이미지라면 나의 사랑은 아름답지 않게 끝이 난다

L은 시작하기도 전에 끝을 냈다
L은 발음이 샜다
L과 함께 벌레로 변했으면
L은 나 이외의 것들을 동시에 만질 수 있었다
L은 흥분하지 않았고
L은 손이 커서 이 모든 것을 뒤엎을 수 있었다

여배우처럼 이미지가 중요하다 그런대로
잘 살고 있다 내가 아는 사람도
내가 모르는 사람도
우리의 대화는 이렇게 시작한다

악취감식가 스니퍼

식당 신발장에 신발을 넣다 한 신발 앞에 쪼그려 앉았다

이 냄새는 아직 발견되지 않은 것이다 나는 머리를 안쪽으로 집어넣고 힘껏 코로 숨을 들이켰다

지구가 한층 팽창한 느낌이었을 때 숨을 뱉고,

이 세계에는 독창성이 부족하다

회원들이 제출한 보고서는 하나같이 이점을 지적했다

냄새에 관한 한 미식가의 의견을 물어야겠지만, 이 냄새의 경우 학명이 정해지지 않은 상황에서 미식가들의 말은 냄새를 더욱 복잡하게 만들 뿐이었다

신발은 내가 오기 전부터 그곳에 있었다

이곳의 흙과는 다른 냄새의 흙이 밑창에 붙어 있었는데

흙냄새는 추후에 다루겠다

식당 주인은 그 신발을 알지 못한다고 했다

자기 냄새가 아니라고 했다

이 냄새의 주인은 적어도 라벤더향이나 장미향에 호의적이지 않았다

생식을 즐기는 사람처럼 본연의 그것을 추구하고

고집이 세고 잔소리가 많았을 것이다

누구도 좋아하지 않는 이 냄새가 나에게는 제거의 대상

이 아니었다

　적막한 방과 닮았다

　이 냄새는 몽상에 잠기게 하는 힘, 여기서

　냄새를 다시 들이마셨다

　코 안쪽 점막에 닿는 냄새의 움직임이

　순식간에 나를 다른 장소로 옮겨 놓았다

　저돌적이고 저속한 이것은 내게 문학적이기까지 했다

　어떤 단어로도 설명할 수 없었다

　숨을 멈췄다 들이켰을 때, 냄새는 나를 장악하는 악의
를 풍겼다

　더 이상의 경이로움은 없었다

　녹아내린 눈을 밟으며 나는 식당으로부터 멀어졌다

　이 냄새를 유리병에 넣고

　날아가지 못하도록 밀봉했다

　그리고 어떤 이름도 붙이지 않았다

날씨 변경 감시자

파도가 어제처럼 높게 일었다
어제처럼 우편물이 왔고
촛불의 연기가 사라졌다

끊어진 다리 같다
이곳에선 불을 지펴도 금세 꺼진다

처음엔 끊어진 것들을 이어 붙이기 위해 안간힘을 썼다
바람을 해석해 보고, 유심히 길을 살폈다
구름들은 개성이 넘쳤지만
기억에 오래 남지는 않았다
물론 편지도 남겼다
내가 알고 있는 주소지로 하루에 한 통씩
그러나 하루에 한 통씩
되돌아온

뜯지 않은 편지 속에서 겨울이 왔다
겨울비는 눈보다 좋았다
나 아닌 사람들에게도 공평한 추위가 좋았다

일 년 내내 겨울비가 내린다,
이 생각은 촛농처럼 굳어서 식어 갔다
묶이지 않은 이야기에서 나는
농부여도 마부 아니 광부여도 상관없지만
광부였으면 하는 마음으로

날씨가 바뀌기 전에,
편지를 썼다

이국의 언어를 배우고
이국에서 이방인으로 살아 보지 못했다
한곳만 서성거리다
파도와 함께 저 먼 바다로 흘러가지 못했다
나는 어제가 되었다

이 문장을 밀봉하고
주소지를 적지 않은 편지를 우편함에 넣었다

도그 워커

라떼를 데리고 공원으로 간다 수도원만큼 따분해서
공원으로 간다 라떼는 평소만큼 먹질 않는다
커다란 선인장나무 냄새를 맡으면 기분이 좋아진다
라떼는 달린다 아름다운 날이다
라떼 라떼 나직하게 부르면 라떼는 라떼인 것처럼
멈춘다 나는 나인 것처럼
고독하다 나와 만난 지 두 달하고 엿새
라떼는 공원으로 간다 나를 데리고
언덕이 많다 오르다 보면 다른 오르막으로
나뭇가지처럼 뻗어 올라간다
오르막 중간에 공원이 있다
라떼는 잘 깎인 잔디가 따분해서 잔디에 앉는다
책의 한 페이지를 읽을 정도의 시간이 목줄에 묶여 있다
그러나 책은 열지 않는다
지금 누군가의 생각을 엿본다는 것은 좀 지성적이다
공원은 라떼 그 이상도 이하도 아니다
라떼는 워킹이 요염하다
나와 성향이 잘 맞지 않지만 따분함을 깨는 발자국이
있다

나보다 작지만 나보다 까칠한 발바닥이 있다

라떼는 부쩍 짖지 않고

죽음처럼 잔다

깨어 있는 시간이 줄어드는 것은

나도 마찬가지 스케줄러에 빈 칸이 늘어 간다

공원으로 간다

라떼처럼 방광이 약해졌는지 소변이 조금씩 샌다

책을 읽지 않기 위해 책을 산* 오후가 오르막에 걸려 잘
넘어가지 않고 있다

* 페르난두 페소아의 『불안의 책』에서 빌려 왔다.

거미 랭글러

기분 나쁜 느낌을 주는 장면이라면
훌륭한 선택입니다

책처럼 겹쳐진 폐서(肺書)가
앵글에 필요한 털의 방향을 좌우하는데

거미가 숨을 쉴 때
같이 숨을 쉬고

기다립니다

걷는 다리의 어느 마디가 가장 아픈지를 알기 때문에
그곳을 건드리면 거미의 감정이 폭발합니다

거미가 손을 타고 내려갑니다

한쪽 다리는 잃었지만
나머지로 충분합니다

다리에 난 구멍이 사람의 혀와 같아서
살아있는 것을 삼키기 위해
구기(口器)가 무질서하게 움직입니다

악취에 휩싸인 당신의 표징입니다

코르크 엽서
── 죽음을 위한 춤

당신의 춤이
나를 꿈꾸게 할 겁니다

약에 취해 살았다 주입한 흔적이 없는데 악몽이 나를 찾기 힘든 곳에 불쑥 던져 버렸다 나는 그곳에서 소화되지 않고 출렁거렸다 좁은 골목에서 사자(使者)를 만나 체념했다

지도처럼 내 인생을 펼쳐 볼 수 없다는 게 참 다행이다

누구도 찾아갈 수 없는 복잡함을 들키지 않고 내 인생은 돌돌 말려 있다 나는 거의 다 왔다 내 말을 못 알아듣는 사람들이 사는 곳에 와서 코르크로 만든 엽서를 고르고 빵 부스러기처럼 부서져 내리는 시간

처음부터 환영받지 못한 인생이었다 더러운 얼룩이 묻은 생각 때문에 수를 놓았지만 나의 꽃엔 꽃잎이 다 피지 못했다 다 펴지지 못하는 손가락으로 밥을 먹는 일이 피곤했다 나에게 주석을 단다면 알 수 없는 이 권태를 조금은 이해할 수 있을까 그러나 나도 모르는 내가 이해되는 일이 두려워

있는 힘껏 나를 지우고

물도 공기도 들지 못하게 코르크로 막아 버렸다

당신에게 곧 도착할 겁니다
나의 꽃잎들
슬픔은 내가 다 살았습니다

내 죽음의 맨 앞에서 춤을 춰 주세요
당신의 춤만 기억나게 해 주세요
아름답도록
가볍게

5부

깨무는 버릇

정말 좋아서 깨물었다 각목을 깨물면 종이 맛이, 종이보다 오래 씹는 재미가 있었다 씹으면 씹을수록 잎사귀 맛이 났다 같이 누워 있다 조용한 너의 어깨를 보고 깨물었다 도저히 참을 수가 없었다 이불 밖으로 뛰쳐나온 네가 울기 시작했다 새로운 경험이었다 배꼽 밑을 깨물었을 땐 울지 않았다 어깨는 너의 아주 특별한 문이라고 생각했다

배가 고파서 얼굴만 한 배를 깨물었다 얼굴로 치면 이마 부분이었는데, 깊숙이 박힌 앞니가 잘 빠지지 않아서 단물이 목을 타고 흘러내렸다 누군가 내 목을 깨물 것 같았다 씹히는 기분은 끈끈한 가래가 얼굴에서 떨어지지 않는 것처럼 냄새가 지독했다 씹히는 것보다 씹는 게 나은 건지는 아직 모르겠어서 나는 유리컵 주둥이만 깨물면서 구름 같이 인생을 흘려보내고 있다

내가 깨문 살들은 기억할까? 내 이빨 자국들, 스펀지 위에 남긴 자국처럼 사라진 모든 가능성들, 물감을 차례로 깨물었다, 가을이 왔다

미래

오고 있는 걸까요?
정상에서 물들어오는 저 단풍처럼 오고는 있는 걸까요?

가발을 주문하고 나서부터
상자를 기다립니다
버스를 기다리면서 백반을 기다리면서
엘리베이터에서 기다립니다
빨래가 다 될 때까지
십 년 전
사진을 보면서
사람은 참 변하지 않아요
그때도 이렇게 앉아
보풀 난 스웨터를 입어 보고
입지 않을 거면서 버리지 않았어요
기억에는 먼지가 쌓여 갑니다
상자를 열 때의 기분을 버리지 못해서
오늘은 캔버스를 주문했습니다
주문하고 나서부터
낙엽을 기다립니다

이사를 했는데
잘 오고 있을까요?
나에게도 긴 머리의 계절이 올까요?

초인종이 울렸어요
문을 열었는데 아무도 없어요
왔다 간 걸까요?
고양이처럼 발소리를 내지 않고
문 앞에
또 하나의 상자를 두고

흐리고 곳곳에 비

인디언은 잠자고 개미는 땅속에서 길을 잃었을 거야
홍게가 잠자고
꿈속 지붕이 무너지고 카우보이도 이제 잠을 잘 거야
그래 잠을 잘 거야

눈을 꼭 감아 아기야
잠을 자야 할 시간이야
흐린 하늘이야
곧 비가 내릴지 모르는 날이야 아기야 자장 자장
스르륵 스르륵 파도에 쓸려 가는 모래알아, 모래알아,
자장 자장 아기야
코끼리도 잠자고
딸기도 잠이 들었을 거야
박쥐와 수박이 달콤해져서 매달려 있을 거야
비 내리기 시작한다
어서! 자장 자장

자도 좋을 것 같고 안 자도 좋을 것 같은 오후에
해무가 낀다

습관적으로

아기를 재우고

북극곰과 금붕어를 잠재우고

빗자루로 먼지를 쓸어 내는 오후에

아기가 잠들었는데

바나나와 배추, 새우가 움직이지 않는데

내 머릿속에선 자꾸만 쥐가 긁는 소리가 난다

흐리고 곳곳에 비 내려

두 발목이 젖어 있다

모래 축제

내가 쌓은 모래는 얼마 못 올라가서 무너진다
모래를 다시 쌓고 쌓다 보면 무너진다
다 다르게 무너진다

아이는 모래를 발로 뭉개면서 뛴다
누군가는 저런 모습으로 갈비뼈가 부서졌겠지
굼벵이처럼 몸을 말고 정신을 잃었을 거야
아이는 이제 괴성을 지른다

그만하고 가자
아이는 모래로 달려간다
파도 속으로 도망간다

밟히다 만 모래는 발만 남은 모습이다
머리는 어디쯤 박혀 있을까
입속의 모래는 아무리 뱉어 내도 남아 있는데

모래로 꽉 찬 기분으로
나는 누워 있다

무거워서 잘 떠오르지 않을 것 같아

파도가 모래를 삼키며 온다
아이가 울면서 돌아온다

착시

머릿속이 돌아가지 않는 회전판처럼
멈추어 버렸다

눈을 감고 있자
눈에 별을 붙이고 깔깔대는 아이

　너는 묘비를 세우고 있는 거란다

네 작은 얼굴이 화석처럼 굳어 발굴될까
눈을 감고 있자
목요일
겨울

나를 여기에 두고
네가 나를 찾는다

　너는 어디에 숨었니?

올 것 같지 않아서

기쁘지 않을 것 같아서

눈을 감고 있자
머릿속에서 수많은 별이 반짝거렸다

  나를 되풀이하지 말아라

눈을 뜨자
눈알에서 벌레가 기어다니는 기분이었다

별이 떨어지니까
아이는 혼자 놀기 시작한다

흰
머리칼

손톱을 깎는다 초상화 속 검은 머리칼이 딱딱하게 굳어
간다
뒤엉킨 뿌리 같다

발끝에 힘을 모으면
바닥이 구부러진다
어떤 날이 삽입된다

침대는 좌우로 흔들리며
육체만 남는 채롱이야

그것 속에는 지울 수 없는 얼룩이
읽을 수 없는 이야기와 소나기가
망설이고 있다
알전구가 깜박거리면

침대에서 심장 박동이 느려진다

머리칼이 젖도록

검은 물이 흘러내리도록
기꺼이 나도 서서히 얼룩이 진다

옷에 머리통을 집어넣을 때마다
뚫고 나오려는 힘을 생각한다

흰
머리칼이 쏟아진다

미래

한 상자 앞에 모여 사람들이 목소리를 높인다

이 상자엔 리듬이 있어요 미래적이죠
지금까지 보지 못한 테크닉이에요
사람들에 둘러싸여
상자는 닫힌 채 여러 사람이 들 수밖에 없을 정도로 무
거워졌습니다

상자에 대한 해석은 대체로 일치했다

상자의 리듬에 열광한 사람들이
상자를 열어 보았을 때
상자는 비어 있었다
그리고
이런 목소리가 크게 들렸다

이 상자엔 텅 빈 아름다움이 있어요 진리에 가깝죠
사람들은 상자 앞에서 떠나질 않았습니다

신앙 입문서를 읽고 또 읽어도 신을 만날 수 없었던 것
처럼
　나는 상자 속에 들어가 보고
　상자 주변을 지치도록 돌아 보았지만
　상자의 리듬을 찾지 못했다
　손가락이 베이곤 했다

　우리 앞에 상자 하나가 다시 놓여 있다
　이것은 불변이지만
　오지 않는 가십에 사로잡혀
　사람들은 벌써 새로운 상자를 찾기 위해 발길을 돌린다

고양이의 눈 속에서 밤이 길어진다

뿌리를 조금 이해했다고 말할 수 있을까

한쪽은 푸르고
한쪽은 노란

우산을 펴고 겨우 접는 밤이었다
지독하고
오래된
비가 내렸다

다른 눈알로 바라본 창밖은
화상을 입은 것처럼
뭉그러졌고

귀를 의심하기엔
뱃속에서 꿈틀거리는 것들이 많았다

아비를 모르고
태어나 거듭되는 이야기

한쪽은 죽고
한쪽은 태어나는

눈이 마주쳤을 때 등을 보인 건 나였다
푸르고
노랗게 슬픔이 길어졌다
젖이 돌았다

점

　점이 늘어난다 점점 시커멓게 되어서 흥분하고 점이 커진다 그점에서 비현실적이다 점을 찍어 맛을 보면 불확실한 세계처럼 퍼진다 입속이 점 점 뜨거워진다 어떤 점에서는 털이 난다 털이 자란다 이점이 나를 설명해 준다 차가워지기도 하고 따뜻해지기도 하고 간결하다 불경스럽다 녹아내리지 않는다 이점이 나를 장악한다 혹인가 싶다가 덤이다 싶다 내 살의 다른 살이지 싶다 점을 믿는다는 점에서 이빨이 떨렸고 있는 힘을 다해 믿음을 외치고 싶었지만 점은 하나가 아니다 멈추지 않는 점 때문에 내 멱살을 잡고 흔든다 점 점 점 점 점을 세다가 잠이 든다 점은 그렇다 내 몸에 새긴다 검은 건반처럼 반음이 낮다 눌러 보면 잘 올라오지 않는다 점은 가난하다 점은 강하다 점에 대한 감각이 슬픈 건지 좋은 건지 모르겠지만 점이 늘어난다는 사실만으로 나는 짐승 같은 소리를 낸다 점이 이 세계에 나타났다는 점이 기이하다 거절할 수 없는 점이 서글프다 점이 애처롭다 나이가 들수록 두서없는 점이 잘 넘어진다는 점이 점 점 점 나는 잘 웃지 않는다

묘지 산책

흰 종이 위에
지팡이

나는 누워서 평화로움을 배우고 있다*

* 실비아 플라스 시의 한 구절.

입속의 살찐 잎

박혜진(문학평론가)

월요일 마을에 이름 없는 새가 살았다. 작고 예쁠 것도 없는 새는 차라리 이상야릇하고 낯선 존재에 가까웠다. 어떤 부류에도 속하지 않는 존재가 그렇듯 새는 자기 안에 설명할 수 없는 숭고함을 품고 있었다. 매도 아니고 닭도 아니고 박새도 딱따구리도 아닌 이 새는 그냥 월요일 마을의 새였다. 새를 바라보는 사람들의 마음에는 이질적인 감정이 동시에 일었다. 사람들은 새를 만난 날이면 불안한 꿈을 꾸거나 불쾌한 기분에 휩싸였고 때로는 향수병을 앓기도 했지만 그런 감정을 이야기하지는 않았다. 오히려 새를 만나면 더없이 소중하고 고귀한 느낌을 받는다고 말했다. 좀 다른 사람이 되고 싶어진다고 했고 좀 더 나은 사람이 되고 싶어진다고도 했다. 유별나게 즐거운 것은 아니지만 특이

한 흥분을 느낀다고 했으며 무엇보다 자신에게 심장이 있다는 사실을 깨닫게 된다고. 세상에는 곧 월요일 마을의 새에 대한 전설이 생겨났다. 학계의 관심이 이어졌고 예견된 것처럼 공문이 발표됐다. 새를 산 채로 잡는 데 성공한 사람에게 보상금을 지급하겠다는 내용이었다. 심장이 있다는 걸 알게 해 준 숭고한 존재는 어느새 보상금이 걸린 사냥감으로 전락했다. 그러나 정말로 새가 출현했을 때, 누구도 총을 잡지 않았다. 쏘는 시늉조차 하지 못했다. 그저 바라볼 뿐이었다. 사람들 입에 수없이 오르내렸던 새, 그 때문에 마을을 유명하게 했던 새, 한때 아벨의 증인이었거나 귀족이었으며 마술사이기도 했던 새, 동시에 인간의 호기심과 탐욕을 일깨워 생포 위기에 처한 그 새는 갑자기 나타난 것과 마찬가지로 묘연히 사라졌다. "뭔가 기묘한 것, 뭔가 행복하면서도 웃고 싶은 충동을, 그러나 동시에 은밀하고 마술적이고 무시무시한 뭔가를" 남겨 놓은 채.*

헤르만 헤세의 동화 「새」는 예술에 대한 우화다. 예술은 '웃고 싶은 충동'과 은밀하고 '무시무시한 것'이 공존하는 이상야릇한 힘으로 우리를 사로잡는다. 정체를 알 수 없는 그 힘을 규명하기 위해 힘이 있을 것 같은 쪽으로 다가가 보지만 정작 그 앞에 서면 무엇을 쫓아온 것인지, 무엇

* 헤르만 헤세, 정서웅·윤예령 옮김, 「새」, 『환상동화집』(민음사, 2002).

을 알고 싶었던 것인지 생각나지 않는다. 모호한 이끌림을 따라가 보지만 예술은 어디에도 도착하지 않으므로 선명한 것은 예술을 뒤따른 우리 자신이 남긴 흔적뿐이다. 「새」가 수록된 『환상동화집』에는 「시인」, 「화가」, 「등나무 의자의 동화」처럼 고독에 몰입하는 예술가의 시간과 세속적 가치에 안락을 느끼는 생활인의 시간 사이에서 갈등하는 예술가에 대한 동화들이 수록되어 있다. 이들 작품이 예술가의 갈등과 욕망을 이야기하는 데 반해 「새」는 예술 그 자체에 대한 질문에 몰두한다. 무엇으로도 규정되지 않을 뿐만 아니라 그로 인해 발생하는 자신의 마음마저 규정할 수 없는 이 관계는 무엇일까. 웃고 싶은 충동과 행복함을 주는 동시에 무시무시한 은밀함도 함께 주는 기묘한 것. 새에 대해 우리가 할 수 있는 일이란 주석을 다는 일밖에 없을 것이다. 그러나 주석이 길어질수록 새는 더 멀어진다. 새에 대한 이야기가 많아질수록 새가 우리에게 불러일으키는 감정의 생동감은 희미해진다. "방금 기이한 새소리를 들었다"(「정착」)고 생각한 순간 소리는 기억이 되고 과거로 밀려나며 현재로부터 휘발된다.

　　말하려는 순간 잊어버리는 것들이 있습니다
　　어디로 가라앉은 걸까?
　　지금은 누구일까?
　　영원히 떠오르지 못하는 유선형의 기억

말 없는 삶이 수면 아래서 부화하는 시기입니다
— 「모레이가 물고기를 셉니다」에서

"열한 개의 발가락으로 흔들리며 오늘 나는 나를 좀 더 낭비하겠다"(「저울과 침묵」)고 말하던 시인 김지녀가 『양들의 사회학』 이후 6년 만에 발표하는 이번 시집을 읽는 동안 몇 차례인가 막다른 곳에 다다른 듯한 감정을 느꼈다. 흔들리며 스스로를 낭비하는 주체가 있던 자리에서 만난 건 수면 아래에서 부화하기를 기다리며 잠수 한계 시간을 견디고 있는 숨 가쁜 존재들이다. 역동적인 그의 시어들은 크고 작은 추를 매단 채 가라앉고 있다. "어느 배가 가라앉은 건지 모르겠"(「폭풍우」)는 마음속에 "잘린 손목들이 가라앉고"(「레인룸」), "떠오르지 못하는" 것들에는 "문학적으로 실패"(「나무와 나 나무 나」)할지도 모른다는 두려움의 그늘이 짙게 드리워 있다. "더 아래 습지에서"(「유리컵」) 비롯된 추들이 그의 단어들을 물속으로 끌어내릴 때 잠수종 안에 들어가 있는 잠수부처럼 시의 화자들은 물 밑에서 고독하게 부화를 위한 시간을 보내고 있다. 에이드리언 리치는 「난파선 속으로 잠수하기」라는 시 말미에서 수중 여행의 목표에 대해 다음과 같이 이야기한다. "난 난파선을 탐색하러 내려왔다./ 단어들이 목적이다./ 단어들이 지도이다./ 난 이미 행해진 파괴의 정도와/ 그럼에도 살아남은 보물들을 보러 왔다./ 난 손전등에 불을 켜 비춰 본다/ 물고기나 해

초보다/ 더 영원한 어떤 것의/ 측면을 따라 천천히// 내가 찾으러 왔던 것./ 그것은 잔해 그 자체이지 잔해에 대한 이야기가 아니다./ 그 자체일 뿐 그것을 둘러싼 신화가 아니다."* 리치는 파괴된 것을 바로 보는 동시에 파괴된 것들 사이에서 여전히 남아 있는 것을 찾는다. 잔해에 대한 이야기를 배격하고 잔해 그 자체를 추구하는 까닭은 잔해에 대한 이야기, 즉 기존의 담론이 그의 현실을 왜곡하거나 그의 현실과 괴리되어 있는, 다시 말해 그 자신의 것이 아니기 때문이다. 무엇이 보물인지, 보물의 가치가 무엇인지는 자신의 언어로 발견되어야 한다. 담론은 가치의 알리바이가 되어 주지 않는다.

김지녀의 이번 시집은 오직 자신의 잔해를 찾기 위해 벌거벗은 몸으로 물 밑 세계와 만난다. 기존의 방식으로는 호흡조차 할 수 없는 수중에서 보편의 감각을 상실한 채 자신의 감각에 몰두하기를 선택한다. "테이블 위 화병에서"는 "꽃이 시들고"(「정물화」) 마음 곳곳에는 "파묻히는 기분"(「개미에 대한 예의」)이 묻혀 있지만 여전히 "뜻 모를 노래 하나가 입속을 맴돌"(「과오일기」)고 "나는 빙하가 무너지는 기분에 대해/ 수긍"(「정물화」)할 수 있다. 모두 가라앉고 있지만 입속에 아직 노래가 있고 무너지는 기분을 인식할 수 있으

* 에이드리언 리치, 한지희 옮김, 『문턱 너머 저편』(문학과지성사, 2011).

므로 이 가라앉음은 단순한 침잠이 아니고 결과로서의 몰락은 더욱 아니다. 그의 시는 지금 부화하기 위한 잠수의 시간을 보내고 있다. 물 위에서 보면 "말 없는 삶"이지만 물 밑에서 보면 아직 말이 되지 않은 감정들이 화산처럼 들끓고 있는 이 수중의 기록을 이해하기 위해 우리는 먼저 "말 없는 삶"이 고백한 것들을 되짚으며 시집을 재독하려 한다. 물 밑에서는 소리가 사라지고 방향이 사라지고 빛이 사라진다. 소리와 방향, 그리고 빛이라는 기준은 "말 없는 삶"을 해석하는 상실의 도구가 되어 줄 것이다. 상실은 때로 우리가 가진 것이 무엇이었는지, 그가 다시 만날 세계가 무엇일지 알려주는 유일한 단서가 된다. 리치에게 시가 "살아남은 보물"을 찾는 일이었다면 김지녀에게 시는 살아 있는 침묵을 찾는 일이다. 우리는 이제 "갈라진 바닥이 넓어"(「수단 항구」)진 어느 존재의 황폐한 내면에 닿기 위해 "살아남은 보물"을 찾는 잠수를 시작할 것이다. 맨 처음 잠수가 향하는 곳은 소리가 사라진 세계다.

묵음의 내재율

어항엔
순진한 구름이 헤엄쳐 다닌다

할딱대는 입 모양으로
주인공처럼 눈물을 흘린다

어항을 깨부수고 싶었지만
목소리가 나오지 않았다

—「무성영화」

목소리의 상실은 오랫동안 정치적 함의를 지닌 모티프로 활용되었다. 그것은 발언권이 주어지지 않은 소시민을 의미하기도, 자아를 잃어버린 텅 빈 주체를 상징하기도 했다. 어느 쪽이든 목소리를 잃어버린 사람은 자신을 표현하거나 타자와 연결되는 데 어려운 조건에 처한 상황을 의미할 수 있다. 「무성영화」에서 뻐끔거리는 붕어의 입 모양은 눈물을 흘리는 눈의 이미지로 전환된다. 두 개의 이미지를 결합하면 '눈물을 흘리는 입'이 도출되는데, 어항을 깨부수고 싶어도 목소리가 나오지 않으므로 '눈물 흘리는 입'은 말을 하지만 소리가 되어 나오지 않는 비극적 상황을 가리킨다. 소리를 잃어버린 물고기는 어항을 깨부수고 싶지만 어항은 건재하다. '무성영화'라는 제목으로 인해 어항은 스크린이 되고, 독자들은 전달되지 않는 말을 멈출 수도 없는 슬픈 입을 보고 있다. 어항이 스크린으로 변하며 관객의 존재가 더해지면 입은 더 많은 눈물을 흘리게 된다. 전달되지 않는 고통은 눈물에 비례한다.

소리가 닿지 않는 고통은 역설적으로 소리를 통해서만 자신의 존재를 드러내는 모기에 대한 인식으로 극대화된다. 수록작 「모기의 구체성」에서 화자는 캄캄한 어둠 속에서 오로지 소리만으로 모기의 존재를 확신한다. "나는 모기 한 마리 이기지 못하는 나를 유심히 바라본다/ 달아난 잠이 다시 오지 않을 것 같은 밤이다/ 귀만 남은 몸이다/ 작은 소리 하나로 나를 제압하는 모기는 내 방에 잘 숨어 있다/ 내 생각이 잠들 때쯤 나를 일으키는 힘이 있다" 누워 있는 '나'를 일으키는 모기 소리는 낮이라면 들리지도 않을 하찮은 소리이지만 어둠 속에서는 유일한 소리가 되어 잠을 방해한다. 하지만 분명 소리도 났고 발가락을 간지럽히기도 했던 모기는 불을 켜면 보이지 않는다. 팔을 힘껏 휘저으니 요란한 소리가 나지만 끝내 모기는 잡지 못했고 잠도 오지 않는다. 그런데 이 짜증나는 모기 소리는 화자를 "귀만 남은 몸"으로 만들어 감각적으로 살아나게 한다. 숨겨지고 파묻힌 모기 소리에 '나'를 일으키는 힘이 있다.

표기하지만 발음되지 않는 음, 눈으로 볼 수 있지만 귀로는 들을 수 없는 소리를 묵음이라고 한다. 소리 내지만 들리지 않고 들리지만 보이지 않는 불일치는 묵음의 그것을 연상시킨다. "개처럼 짖지 않지만/ 개처럼 이빨을 드러내고"(「유리컵」) 있는 것처럼 시각적으로 그 소리는 존재하지만 청각적으로 그 소리는 존재하지 않는다. 소리가 내면의 정신을 표출하는 하나의 통로라면 그 길은 화자에게 통행을 허락하지 않는다. 그러나 '들리지 않는 소리'가 전달되지 않는 데 대한 예술의 절망이라면 '볼 수 있는 소리'는 파괴된 것에서 아름다운 잔해를 발견한 예술의 희망이다. 들리지만 보이지 않는 모기 소리에서 귀가 깨어남을 느낀 것처럼 들리지 않지만 보이는 소리에서도 감각을 깨울 수 있다. "형편없는 리듬으로 구름이 돌아"(「참여시에 대한 논문을 읽다가」)오듯 "창백한 우리 영혼에 호호 따뜻한 입김을 불어"(「밥을 주세요」) 줄 수 있다면 이 불일치에서도 묵음의 내재율을 발견할 수 있다.

옆의 기하학

망설이는 것만으로
우리는 옆이 길어집니다 오른쪽에서 왼쪽으로 옆이 전개될 때
우리는 예상치 못한 점선들로 분할되곤 했습니다

(……)

한 번은 옆을 빌려 달라고 부탁한 적이 있습니다
한 사람은 거절했고
다른 한 사람은 발등을 바라보며 망설이더군요

옆과 옆 사이의 어깨가 그 어떤 테두리보다 넓어서 건너갈
수 없었습니다

더 넓고 따뜻한 옆을 차지하려고 우리는 분주했고
옆에 얼마나 크고 넓은 폭포가 있는지
절벽과 진창이 있는지
가닿지 못하고
우리의 옆은 배경이 없는 화면처럼 점차 장편이 되어 갔습
니다

—「폭이 좁고 옆으로 긴 형식」에서

옆은 멈춤의 방향이다. 앞으로도 뒤로도 가지 않을 때
가까스로 옆이 생겨난다. 옆은 관계의 공간이기도 하다. 타
인의 존재가 더해질 때 비로소 옆이 생겨난다. 그럴 때 옆
은 같이의 공간이기도 하다. 따라서 옆이 길어지려면 앞뒤
로 이동하는 시간보다 멈춰 서 있는 시간이 길어야 한다.
길어지면 접을 수 있고 접기는 공간을 무한대로 늘릴 수
있는 방법이기 때문이다. 옆은 또 예외적이고 돌발적인 선
택으로 발생하는 가능성의 세계이기도 하다. "때도 모르고
터져 나오는 눈물 같은 것으로 나는 옆길로 빠지고/ 코를
풀면서 아무렇지 않게 돌아온다"(「쿠바에서 방배동으로 가는
버스」) '옆길로 빠진다'는 말은 옆이 우리 인생의 정해진 길
이 아닌 또 다른 선택, 예정된 길에는 없는 의외의 선택을

의미한다는 것을 보여 준다. 그런가 하면 옆은 진실에 이르기 위한 방법론이기도 하다. 귄터 그라스가 소설 『게걸음으로』에서 옆으로 걷는 방법을 제안할 때 그는 역사를 바라보는 우리의 시선은 더 많은 것을 보기 위해 옆으로 걸어야 한다고 주장했다. 옆으로 가면 앞으로 갈 때보다 더 많은 것을 볼 수 있다. 옆은 지나치는 것을 최소화할 수 있는 속도와 방향이다. 그러나 옆은 쉽게 부정된다. 시인은 "앞으로 나아가지 않아서/ 허리에 살이 쪘다"(「과오일기」)고 쓴다.

「폭이 좁고 옆으로 긴 형식」은 인생에서 옆이 발생하는 과정을 보여 준다. 옆은 망설임의 순간에 비롯된다. 옆의 발생과 함께 생겨난 공간은 점선들로 분할되며 접힐 수 있게 된다. 길이는 부피로 전환되며 옆은 이제 숨길 수 있는 공간이 된다. 숨겨진 옆이 하나둘 전모를 드러낸다. 옆은 넘쳐나거나 모자라다. 칼로 도려내 지워 버리고 싶은 기억들이 숨겨질 때 옆은 넘쳐난다. 타인에게 건너가기 위해 옆을 빌려야 할 때 옆은 부족하다. 때로는 더 넓고 따뜻한 옆을 차지하기 위해 부산을 떨기도 한다. 옆은 모든 것을 알고 있다. 그것은 우리가 갖고 싶었거나 가지지 못했던, 혹은 버리고 싶었던 그 모든 사건을 저장하고 있다. 옆은 기억이고, 시간이다. 옆은 '나'의 과잉이지만 그런 한편 옆이 길어야 타인과 연결될 수 있다. 문제는 우리 자신이 스스로의 옆을 알지 못한다는 것이다.

"넓고 따뜻한 옆을 차지하려고" 분주한 인생이지만 옆에는 절벽과 진창이 있고 크고 넓은 폭포가 있어서 쉬이 원하는 옆으로 가닿을 수 없다. 우리의 옆은 우리가 지나온 사건들을 숨기고 있는 시간의 병풍이 되어 밖에서는 보이지 않도록 접혀 있다. "폭이 좁고 옆으로 긴 형식"이란 쉬이 접히는 형식이며 접히는 것, 접혀서 보이지 않는 형식은 우리가 살아가는 시간의 형식이기도 하다. 우리의 시간은 폭이 좁고 옆으로 길다. 앞으로 나아가지 않고 옆으로 쌓여간다. 인생은 이런 식이다. 쌓여 가는 옆은 보이지 않는 방식으로 존재한다. 방향을 멈춘 채로 지속하는 세계에서 우리는 언제나 옆을 살펴야 한다. 접힌 시간 속에 무엇이 잠복해 있을지, 앞으로 나아가는 방향이 사라지자 시간이 쌓이는 방향이 드러난다. 옆이 생겨난다는 것은 지체하고 있음을 뜻하지만 그 지체된 시간이 타인의 어깨와 나의 어깨를 이어 주는 공간이 되어 준다. 상실된 방향의 자리에서 새로운 방향이 시작된다.

검은 봉지와 유리컵

검다는 이유로
검은 봉지는 대단한 사건이 됩니다
사라진 사람의 머리통이 들어 있을 수 있습니다

서늘한 밤의 모양을 만들 수 있습니다
꼭 묶어 놓으면
입을 틀어막은 손처럼 단호합니다
최고의 알리바이입니다

사람들은 쉽게 잊습니다
그리고 기억이 잘 나지 않는다고 말합니다
검은 봉지는 앞도 뒤도
안과 바깥도 없습니다
뒤집기 좋습니다

냉동실에 검은 봉지가 쌓여 갑니다
무수한 사건이 우리에게 있습니다
숨죽이고 있는
검은 봉지를 열면
딱딱해진 악령들이 쏟아질 것 같은 날입니다
─「검은 봉지」에서

모든 빛을 흡수하는 검은색은 반사되는 빛이 없을 때 나타나는 결과다. 「검은 봉지」는 내부가 보이지 않는 검은 봉지를 바라보며 불길하고 불쾌한 상상을 연상하는 시다. 냉동실에 넣어 둔 검은 봉지 안에 무엇이 들어 있는지 모른 채 화자는 "서늘한 밤의 모양"을 떠올리기도 하고 "입을 틀어막은 손"을 떠올리기도 한다. 안에 무엇이 들어 있는지 알 수 없는 검은 봉지는 앞도 뒤도 구분되지 않고 안과 바깥도 구분되지 않아 보인다. 그래서 안팎을 뒤집기에 용이하나 그 안에 무엇이 있는지 알 수 없으므로 결코 뒤집을 수도 없다. 무엇인가 있으나 정체를 확인할 수 없는 것은 인생의 사건들을 닮았다. 인생의 악령은 검은 봉지의 모습을 하고 있다. 언젠가 우리가 제 손으로 직접 넣어 놓았으나 잊고 지낸 기억들, 혹은 기억났지만 미처 확인하지 않고 꺼내 볼 시간을 놓쳐 버린 기억들이 미래에 악령의 모습을 하고 우리 앞에 나타난다. 과거에 놓쳤거나 외면했던 현실은 미래에 우리가 두려워했던 바로 그 모습으로 나타나 망각한 순간의 자신에게 화답한다. 놓쳤거나 잊었던 행위에 대한 형벌을 내리는 것처럼.

한편 「유리컵」에 등장하는 유리컵처럼 검은 봉지와 반대로 안이 투명하게 드러나는 사물도 있다. 밖에서 안을 볼 수 있고 안에서도 밖을 볼 수 있다. "누구의 것인지 모를 얼룩이 남아/ 닦아도 지워지지 않는/ 네가 옷을 입지 않고 돌아다녀/ 우리가 아는 모든 밤에" 숨김 없이 다 보이는 투명함은 우리가 모르는 밤을 닮은 검은 봉지와 극단적 대비를 이루며 우리가 아는 모든 밤을 상상케 한다. 그러나 이 아는 밤은 역설적으로 예술적 긴장감을 떨어뜨린다. "가장 안전한 곳에서 묘연해지고 있"기 때문이다. 가려워진 존재로서의 정체성이 사라지자 모든 것이 다 보인다. 모든 것이 다 보이는 투명함이 예술이 소거된 일상이라면 아무것도 보이지 않는 검은색은 예술이 불안으로 존재하는 공포의 세계다. 규명할 수 없는 헤세의 '새'처럼 시인은 유리컵과 검은 봉지 사이에서 예술과의 관계 설정에 어려움을 겪고 있다. 예술가는 투명함과 검은색 사이에서 방황한다. "작은 칸과 칸 사이를 흘러넘친 이 색깔을 어떻게 불러야 합니까?"(「팔레트 속」) 칸칸으로 나뉘어져 있는 팔레트 사이를 넘쳐흐르며 경계가 사라지는 색깔들에 답이 있을까. 흘러 넘치며 규정할 수 없는 색깔이 된 그것을 우리는 "살아남은 보물"이자 살아 있는 침묵이라 부를 수 있다.

　「같다」에서 시인은 살아 있는 침묵을 찾아내는 일의 어려움에 대해 다음과 같이 말한다. "혓바닥은 놀랍도록 떨고 있다/ 바깥으로 내밀고 있으니까/ 금세 마르고/ 알아들을 수 없는 괴성을 쏟아낸다/ 늘어진 혓바닥은/ 어떤 물감으로도 만들 수 없는 색깔 같다/ 늙은 것 같다" 혓바닥에 살이 쪄서 건강상 이상이 생긴 것이라고 하는 '그'의 말을 듣고 거울 속 자신의 혓바닥을 바라보는 화자는 어떤 물감으로도 만들 수 없는 색깔에서 늙음을 읽는다. 혀는 미각을 느낄 수 있는 부위인 동시에 입 안에서 소리를 만드는 작용을 한다. 혀에 생긴 이상은 예술에 대해 시인이 느끼는 나태와 예술에 대한 긴장을 동시에 드러낸다. 기형도가 쓴 '입속의 검은 잎'이 진실을 말하지 못하는 검은 혀였다면 김지녀의 시에 드러난 '입속의 살찐 잎'은 예술에 대한 갈망과 열망이 희석되어 가는 일상에 대한 환멸을 드러내는 혀다. 그러나 한 번 읽은 시를 재독한 우리는 물 밑에서 들려오는 이 결핍의 목소리가 죽은 침묵이 아님을 알고 있다. 김지녀의 시는 난파선 속에서 잔해 그 자체를 찾아내듯 가라앉는 침묵의 한가운데에서 떠오르려 하는 말들을 낚아 올린다. 시는 새를 묘사하지 않는다. 새가 떠난 자리에 가장 늦게까지 남아 새가 남기고 간 것들, 그러니까 새의 잔해를, 그 보물을 찾을 뿐이다. 그것은 나의 잔해이고 나의 보물이므로 다만 기이하고 기이할 뿐이다. 나는 이 끔찍하게 아름다운 기이함을 우리 마음속 낯선 새소리의 기원이라 부르겠다. 부화를 앞두고 잠수의 시간을 보내고 있는 그의 시는 낮고 깊은 곳에서 도래할 것이다.

지은이   김지녀

2007년《세계의 문학》신인상을 받으며 작품 활동을 시작했다.
시집으로 『시소의 감정』, 『양들의 사회학』이 있다.

방금 기이한 새소리를 들었다

1판 1쇄 찍음 2020년 10월 23일
1판 1쇄 펴냄 2020년 10월 30일

지은이 김지녀
발행인 박근섭, 박상준
펴낸곳 ㈜민음사

출판등록 1966. 5.19. (제16-490호)
서울특별시 강남구 도산대로1길 62(신사동)
강남출판문화센터 5층 (06027)
대표전화 02-515-2000 / 팩시밀리 02-515-2007
www.minumsa.com

ISBN 978-89-374-0896-0 04810
     978-89-374-0802-1 (세트)

민음의 시
목록